LES

ACTRICES DE PARIS

QUATRAINS

PAR

Eugène HUBERT et Christian DE TROGOFF

PARIS

E. LACHAUD, LIBRAIRE-ÉDITEUR

4, PLACE DU THÉATRE-FRANÇAIS, 4

—

1872

LES

ACTRICES DE PARIS

LES

ACTRICES DE PARIS

QUATRAINS

PAR

Eugène HUBERT et Christian DE TROGOFF

PARIS

E. LACHAUD, LIBRAIRE-ÉDITEUR

4, PLACE DU THÉATRE-FRANÇAIS, 4

—

1872

Public, en louant tes idoles,

C'est ton bon goût que nous louons;

C'est en ton nom que sur leurs fronts

Nous poserons des auréoles.

COMÉDIE FRANÇAISE

COMÉDIE FRANÇAISE

Mlle FAVART

(Dans *Adrienne Lecouvreur*)

On nous disait : « Rachel est morte !
Plus de grande artiste, plus d'art ! »
Rachel n'est plus, que nous importe,
Puisqu'elle revit dans Favart ?

Mlle REICHEMBERG

Quand on voit tant de gentillesse,
On n'ose croire à son talent,
Mais quand elle a pris son élan,
On n'ose croire à sa jeunesse.

Mlle MARIE ROYER

Dans Turcaret j'ai pu saisir
Un rapprochement assez drôle :
Votre rôle vous fait haïr,
Vous faites aimer votre rôle.

OPÉRA

OPÉRA

....

Mme GUEYMARD-LAUTERS

La plus complète réussite
Jamais ne l'abandonnera,
Car le public de l'Opéra
En elle voit sa *favorite*.

Mlle JULIA HISSON

Quand vous jouez, j'ai beau me fendre
Et les oreilles et les yeux ;
Je ne sais pas ce qui vaut mieux
De vous voir ou de vous entendre.

2

Mlle SESSI

Shakspeare, vous avez raison :
Pour repousser votre Ophélie,
Il faut, quand elle est si jolie,
Qu'Hamlet ait perdu la raison.

THÉATRE ITALIEN

THÉATRE ITALIEN

Mᵐᵉ ADELINA PATTI

C'est une étoile passagère
Qui nous quitte, hélas ! trop souvent !
Sa voix est tellement légère
Qu'elle fuit sur l'aile du vent.

Mᵐᵉ ALBONI

Vous qui souffrez, allez l'entendre,
Elle sait calmer la douleur;
Car sa voix sympathique et tendre
A su trouver la clef du cœur.

2.

Mme PENCO

L'heureux instant qui vous ramène
Nous donne un regret seulement,
C'est que vous ayez un moment
Cru devoir déserter la scène.

OPÉRA-COMIQUE

OPÉRA-COMIQUE

Mme GALLI-MARIÉ

Quel petit lutin plein de charme !
Toujours gai, souriant toujours !
S'il laisse tomber une larme,
C'est dans la coupe des amours.

Mlle PRIOLA

(Dans *la Fille du régiment*)

Sous ses habits de cantinière
Savez-vous rien de plus charmant ?
Je veux à la prochaine guerre
M'engager dans son régiment.

Mlle MARIE ROSE

Dans le bouquet que je compose
On doit voir briller ses couleurs :
A bon droit, en effet, *la rose*
Passe pour la reine des fleurs.

ODÉON

ODÉON

Mˡˡᵉ ADÈLE PAGE

Je voudrais pour lui rendre hommage
Ici produire un grand effet ;
Comment dans mon livre imparfait
Inscrire une assez belle *page* ?

Mˡˡᵉ SARAH BERNHARDT

Son mobilier brûla naguère.
Le feu lui déclarant la guerre,
Elle se venge en enflammant
Le cœur de quiconque est aimant.

3

Mlle JEANNE BERNHARDT

Vous demandez pour l'admirer
Ce qu'elle a d'extraordinaire ?
Elle a l'esprit de se montrer,
C'est tout ce qu'il lui faut pour plaire.

THÉATRE LYRIQUE

(ATHÉNÉE)

THÉATRE LYRIQUE (Athénée)

Mlle MARIMON

Pour elle le fameux Ricci
A fait *une folie à Rome;*
Moi, pour elle, je serais homme
A faire une folie... ici.

Mme BALBI

Le public, quand son *ut* résonne,
Ne sait laquelle, en vérité,
A le plus de légèreté
De sa voix ou de sa personne.

3.

Mlle ALICE BERNARD

Quand votre voix de contralto
Descend lentement une octave,
Chacun dit : « Cela devient beau ! »
Personne : « Cela devient *grave* ! »

VAUDEVILLE

VAUDEVILLE

Mlle FARGUEIL

Ayant du talent, étant belle,
Ample matière à quereller,
Elle a dû laisser parler d'elle,
Mais n'en a jamais fait parler.

Mlle ANTONINE

Dans la jupe et dans le corsage
Ses robes ont beaucoup d'ampleur ;
Mais dans son débit enchanteur
On en trouve encor davantage.

Mlle CELLIER

Des diamants elle a la fièvre,
Les siens brillent de mille feux;
Mais moi qui ne suis pas orfévre,
J'en vois plus encor dans ses yeux.

GYMNASE DRAMATIQUE

GYMNASE DRAMATIQUE

~~~~~~~

Mlle AIMÉE DESCLÉE

(Dans *la Princesse Georges*)

Une princesse trop aimable
Pour que l'on puisse la haïr :
Son charme rend invraisemblable
Qu'un mari veuille la trahir.

Mlle BLANCHE PIERSON

Chacun vous trouve si jolie,
Permettez-moi de l'avouer,
Qu'en vous regardant on oublie
Que vous excellez à jouer.

4

Mlle MASSIN

Elle met parfois, la volage !
Beaucoup d'étoffe dans son jeu ;
Mais elle en met toujours fort peu,
En revanche, dans son corsage.

VARIÉTÉS

VARIÉTÉS

Mme CÉLINE CHAUMONT

Ce que je ne m'explique guère,
C'est comment le diable a pu faire
Pour enfermer autant d'esprit
Dans un lutin aussi petit.

Mlle VAN GHELL

Vous avez une voix charmante,
Aucun *chat* ne vous y tourmente;
Mais moi, ce que je trouve bien,
C'est qu'on y voit beaucoup de *chien*.

4·

Mlle ALICE REGNAULT

(Dans *le Trône d'Écosse*)

Parmi les gardes de la reine,
Sans parure, sans falbala,
Alice, vous étiez sans peine
La reine de ces gardes-là.

PALAIS-ROYAL

PALAIS-ROYAL

Mlle HORTENSE SCHNEIDER

Cet hiver on nous l'enleva
Pour le pays de la froidure;
Mais je doute que le froid dure
Tant que chantera la *diva*.

Mlle JULIA BARON

Elle a bien souvent des mots drôles,
Et, quant au talent, chacun sait
Qu'elle remplit toujours ses rôles
Comme elle remplit son corset.

Mlle ZÉLIE REYNOLD

C'est une servante à l'œil traître
Qui toujours a su nous ravir,
Et je connais bien plus d'un maître
Qui désirerait la servir.

CHATELET

CHATELET

Mme LACRESSONNIÈRE

Vous nous plongez dans la stupeur,
Et vous faites couler nos larmes :
Croirait-on qu'avec tant de charmes
Vous pourriez jamais faire peur ?

Mlle CÉLINE MONTALAND

Elle jouait dans son jeune âge
Avec un *brio* triomphant;
Elle a gardé sur son visage
La grâce qu'elle avait enfant.

5

Mᵐᵉ PAUL DESHAYES

(Dans *les Trois Mousquetaires*)

Quand d'Artagnan dit qu'il vous aime,
Madeleine, c'est un gascon !
Mais quand le public dit de même,
C'est qu'il le pense tout de bon.

EX-PORTE-SAINT-MARTIN

EX-PORTE–SAINT-MARTIN

Mlle LÉONIDE LEBLANC

Lorsque je vois que *Lagardère*
Aux autres femmes la préfère,
Je m'explique pourquoi l'on dit
Que les *bossus* ont de l'esprit.

Mlle DELVAL

Elle ne met (j'en sais la cause),
Sur son maillot jamais grand'chose;
Tout l'avantage en est pour nous :
On voit tant de choses dessous !

Mlle DE RIBEAUCOURT

Dans son maillot couleur de chair
Elle a des qualités énormes,
Et, malgré tout, elle a bon air,
Car toujours elle y met des formes.

GAITÉ

GAITÉ

Mme JUDIC

Dieu ! qu'il faut de naïveté
Pour sous-entendre tant de choses,
Et prendre tant de liberté
Sans découvrir le pot aux roses !

Mlle ZULMA BOUFFAR
(Dans *le Roi Carotte*)

Il est content, monsieur Boulet,
Et personne ici ne le nie :
Dans *Robin Luron*, en effet,
Il a trouvé son *bon génie*.

Mlle SÉVESTE

(Dans *le Roi Carotte*, rôle de *Rosée-du-Soir*)

Les notes dont le *maëstro*
A diapré chaque morceau
Quittent votre bouche rosée
Comme des perles de *rosée*.

BOUFFES-PARISIENS

BOUFFES-PARISIENS

Mᵐᵉ PESCHARD

(Dans *Boule de Neige*)

Sa douce voix a l'avantage
D'apprivoiser messieurs les ours,
Mais au chapitre des amours
On dit qu'elle-même est sauvage.

Mᵐᵉ CÉCILE PEYRON

Si Mahomet l'avait connue,
Ce prophète aux rêves hardis
L'aurait sans doute retenue
Pour embellir son paradis.

6

Mme BONELLI

Si vous m'aviez offert, madame,
La moitié du fruit défendu,
Nouvel Adam, je le proclame,
A la pomme j'aurais mordu.

AMBIGU-COMIQUE

AMBIGU-COMIQUE

Mme MARIE LAURENT

Grand talent qu'on met en réserve.
On l'applaudirait plus encor,
Si sous le luxe du décor
Billion n'écrasait sa verve.

Mlle ROUSSEIL

Elle a du talent, c'est un fait ;
Mais faire *l'article* pour elle,
A quoi bon, quand elle est si belle
Dans *l'article quarante-sept* ?

6.

Mlle DICA PETIT

Grande de talent et d'esprit,
Et de plus très-grande de taille,
Contre elle-même son nom raille,
Car elle n'a rien de petit.

FOLIES DRAMATIQUES

FOLIES DRAMATIQUES

Mme F. SALLARD

A tous les yeux par sa beauté
Comme un astre elle se dévoile,
Et son talent n'est pas flatté
Quand on dit que c'est une *étoile*.

Mlle BLANCHE D'ANTIGNY

(Dans *la Boîte de Pandore*)

En Minerve a su captiver
Tous les cœurs, même ceux de glace ;
Car on n'a jamais pu trouver
Un seul défaut à *sa cuirasse*.

Mlle AMÉLIE LATOUR

(Rôle de *Vénus* dans *la Boîte de Pandore*)

De son fils l'arc est bien terrible,
Mais comme elle sait s'en servir !...
Quand la flèche est près de partir,
Elle prend la *corde sensible.*

CLUNY

·CLUNY

~~~~~

Mlle M. DERSON

Bien souvent la sévérité
Près d'une belle me désarme;
Mais près d'elle, sans vanité,
J'ai toujours été *sous le charme.* ·

Mlle LARMET

Vos larmes et votre délire
Vous ont fait bien des amoureux;
Mais avec un simple sourire
Vous faites encore plus d'heureux.

7

Mlle MOÏNA CLÉMENT

C'est un beau monument d'ivoire,
Et, bien qu'il me semble un peu haut,
Je voudrais en tenter l'assaut,
Si je croyais à la victoire.

MENUS-PLAISIRS

MENUS-PLAISIRS

~~~~~~

Mme EUDOXIE LAURENT

Elle a de sa charmante voix
Joué tous les rôles sans peine,
Car chez elle l'esprit gaulois
S'unit à la beauté romaine.

Mlle THÉRÉSA

Elle est reine aux Menus-Plaisirs,
Et remplit si bien nos désirs,
Qu'on ne peut sur la moindre note
Dire que la reine *carotte*.

7.

Mlle BLANCHE QUÉRETTE

Je vais d'une manière franche
Lui dire ici la vérité.....
Mais non ! j'aime trop la beauté
Pour vouloir noircir une *blanche*.

CHATEAU-D'EAU

CHATEAU-D'EAU

~~~~~

Mlle TASSILLY

Si quelque critique morose
S'érigeait pour vous en frondeur,
Il ne pourrait dire, et pour cause,
Que vous n'avez pas de *rondeur*.

Mlle MARTHA

C'est une rose sans pareille
Pleine d'éclat et de fraîcheur ;
Je voudrais devenir abeille
Pour ne pas quitter cette fleur.

Mlle LYDIE

(Dans *la Queue du Chat*)

Les yeux de *Martha la sorcière*
Ont produit plus d'enchantements
Que, dans le fond de sa chaumière,
N'en ont faits tous ses talismans.

FOLIES - BERGÈRE

FOLIES-BERGÈRE

Mlle CLAUDIA

Un rossignol dont le ramage
Se rapporte tant au plumage
Est forcément le canari
Des hôtes de monsieur Sari.

Mlle MALVINA

J'ai vu des hommes, c'est affreux !
Battre une charmante compagne;
Mais près de vous un amoureux
Ne peut battre... que la campagne.

8

Mlle CÉCILE BERNIER

Je voudrais vous complimenter,
Mais on vous prétend si modeste,
Qu'en vous disant belle... et le reste,
Je craindrais de vous irriter.

Terribles et charmants démons,
Nous avons chanté vos louanges;
Car, en bons diables, nous aimons
Prendre les démons pour des anges.

TABLE

Paris, imp. Jouaust, rue Saint-Honoré, 338.

LIBRAIRIE FRANÇAISE

E. LACHAUD & CIE

4, Place du Théâtre-Français

A TOUTES LES FEMMES, *Pour être toujours belles*, par Jules Frey, 1 fr.

POESIES

---

313 — Paris, Imp. Jouaust, rue Saint-Honoré, 338.